DISNEP·PIXAR

光年正傳
LIGHTYEAR

新雅文化事業有限公司
www.sunya.com.hk

　　在遙遠外太空的某個角落，太空司令部有一艘叫「大頭菜」的太空船在巡邏期間，偵測到一個偏遠的小星球蘊含着珍貴資源。

　　光年隊長與太空戰士艾莉莎·夏芙妮指揮官接報後，降落到該星球表面探索。如有任何發現，就會通報其餘正在休眠的隊員。

　　巴斯一面走着，一面錄製任務日誌，將在這個神秘星球上觀察到的一切都記錄下來。但艾莉莎打斷了他，提醒他應該要帶同新入職的太空戰士一同探索。

　　「嗯……你也知道我對新兵的看法。」巴斯抱怨道。「他們根本幫不上忙，往往將事情搞得更複雜。我自己執行任務，反而來得更輕鬆。」

　　巴斯和艾莉莎談話期間,一株爬藤緩緩地捲住了新兵的腿,把他拉進地底。

　　「他去了哪裏?」巴斯說道。

　　突然,所有爬藤都動起來,還有一大羣巨型昆蟲衝向他們。巴斯和艾莉莎聯手協力,對付面前糾結亂纏的爬藤和兇猛成性的巨蟲。他們多年來一起當太空戰士,身經百戰,是最佳拍檔。

「大家趕快回到『大頭菜』！」艾莉莎命令道。

她和巴斯馬上奔向太空船，但登船之際不見新兵的蹤影。巴斯四處張望，才看見新兵被巨蟲拉到半空，他的腳正被爬藤纏住往下拽。

巴斯急忙跑向他，艾莉莎也立刻將激光槍拋給巴斯。巴斯成功解救新兵後，三人趕緊登上正在沉降的大頭菜，分秒必爭！

一登上船，艾莉莎立刻衝往機房，確保引擎有足夠的能源開動。

巴斯則迅速跑到駕駛艙，跳上機師座位。太空船需要由兩位機師駕駛，新兵也想幫忙，但巴斯堅決表示他自己來就可以了。

巴斯同時控制着兩枝操控桿，確保太空船不會撞向迎面而來的山脈。

「光年隊長？」新兵遲疑地說，「你真的不需要幫忙嗎？」

「我是巴斯光年，當然不需要你的幫忙！」巴斯堅定回答。

大頭菜向上攀升，越升越高，馬上就要越過面前巨山的頂峰……

但是，太空船底部還是刮到了山頂的石塊。

　　巴斯奮力扭動操控桿，但已經太遲了。太空船墜進了沼澤，在一片污濁的泥濘上滑行，直至完全停下來。

　　巴斯走到機房跟艾莉莎會合。太空船的超光速晶體損壞了，他們被困於狄簡尼主衛星上。

　　巴斯認為這全是他的錯，打算引咎辭職，但艾莉莎從沒打算放棄巴斯。

　　「完成任務吧。」她說。「這是我們要做的事。大家一天還未回家，任務就一天還未完成。」

一年後，巴斯和他的同僚在狄簡尼主衞星成立了一個行動總部。他們開採了衞星上的資源，製造出新的能源晶體，供太空船使用。測試能源晶體是很危險的事，但巴斯已準備就緒，用新能源晶體進行飛行測試。

　　戴瓦斯二等兵帶巴斯到太空船 XL-01 號，並將一部小型電腦交給
他。它是一個內置語音導航員，叫 IVAN，可作無人駕駛之用。巴斯不
太喜歡無人駕駛，但還是把 IVAN 帶上。

　　新的能源晶體已安裝到 XL-01 號，巴斯登上了太空船，準備升空。

　　「XL-01 號呼叫指揮中心。」巴斯對着通訊系統發言，「收到嗎？」

　　「收到，XL-01 號。」艾莉莎回應。「你有四分鐘時間離開衞星，
然後你要立刻回來。這是命令。」

　　「收到。」巴斯說。「超光速，我要來了。」

　　巴斯為升空作好準備，並聽見指揮中心的倒數。

　　「三……二……一……發射！」

太空船轟隆一聲發射升空，巴斯被衝力壓倒在座位上！

試飛計劃很簡單。他要加速越過深太空，沿狄簡尼第一衛星繞一圈，再穿過減速環，然後返回狄簡尼主衛星。

但太空船快要達到超光速之時，其中一個引擎發生爆炸。新的能源原來並不穩定！

　　XL-01 號偏離了航道——如果巴斯不迅速應對，就可能會一去不返。他腦筋急轉，決定將餘下的引擎推至最高效能。

　　IVAN 提醒能源電池可能會爆炸，但這正是巴斯的意思。在千鈞一髮之間，他把能源電池卸除，爆炸的力度將 XL-01 號推回原本的航道。

「超光速任務失敗。」IVAN 宣布。

巴斯歎了口氣，駕着 XL-01 號回到地面。他從太空船下來，看見戴瓦斯二等兵等着迎接他。這位飛行員看上去好像和以前有哪裏不一樣——他留了鬍子！然後，巴斯留意到基地好像變得更大了。

「我這一程去了多久？」巴斯問。

「四年兩個月零三天。」戴瓦斯回答。

巴斯感到錯愕，這怎麼可能？

「是時間膨脹。」艾莉莎解釋說。「當你快要達至超光速，你的時間相對我們的時間會過得慢一些。所以，雖然你只是用了幾分鐘執行任務，但我們在這裏已經過了數年。」

艾莉莎認為他們應擱置其他試飛計劃，但巴斯不想再等，他要修正上次的問題。

　　巴斯回到家後，發現多了一個盒子。盒內有一隻毛茸茸、非常可愛的機械貓。他叫襪仔，是巴斯的私人機械伙伴。

「我是太空司令部派來的，幫助你緩解這次任務帶來的情緒變化。」襪仔解釋說。

　　襪仔問巴斯有沒有什麼能幫忙的，巴斯提議他一起計算能源方程式。

　　這邊襪仔鑽研着能源方程式，那邊巴斯準備着第二次試飛。艾莉莎有點猶豫，但巴斯提醒她，太空戰士必須完成任務。

　　「太空戰士——」巴斯說着，伸出食指。

　　「一飛沖天！」艾莉莎接着說，也伸出食指來碰碰他的。

　　於是，巴斯再試驗了另一顆能源晶體，但跟第一次一樣，都是失敗收場。

　　四年又過去了，巴斯仍然沒有放棄，他一顆接一顆地測試能源晶體。狄簡尼主衞星上的人都已習慣了沒有巴斯的生活，如常度日。艾莉莎結了婚，有一個兒子，名叫艾里。衞星上的每個人都長大變老了，唯獨巴斯，他的時間好像停頓了似的。

　有一天，巴斯試飛失敗回來後，走進了艾莉莎的辦公室，卻找不到她。不過，她留了一個全息影像訊息給巴斯。

　「嗨，巴斯。」全息影像中的艾莉莎年紀很老了。「你大概一兩年後才會回來，但我……我不會回來了。我不知道時間流逝得如此飛快，原來我已經變得很老了。」

　有個小女孩穿着自家製的太空戰士戰衣，爬上艾莉莎的牀。

　艾莉莎向巴斯介紹，這是她的孫女小絲。她將來也想跟她祖母一樣，成為太空戰士。然後，艾莉莎轉向鏡頭，告訴巴斯，她應該來不及看他完成任務了。

　巴斯強忍淚水，艾莉莎伸出食指，說：「太空戰士……」

　巴斯也伸出食指觸碰她的，然後跟她好好握手，並默唸着：「……一飛沖天。」

夏芙妮

　　巴斯的生活頓失方向。他一直花了很多時間想要將大家帶回家，但現在他最好的朋友已經不在了。

　　門外傳來一陣叩門聲，原來是新的指揮官卡爾‧潘西迪。他正搬進艾莉莎的辦公室。

　　「我的天！」潘西迪指揮官凝視着巴斯說。「是巴斯光年真人啊！」

　　潘西迪指揮官告訴巴斯，他們將要終止研發超光速能源的計劃，轉為建設激光保護網，保護大家不受爬藤和巨蟲襲擊。

　　「不，等一等，你不明白！」巴斯抗議說。「指揮官，我可以做得到的！我可以帶領大家離開這裏。」

　　但抗議無效，潘西迪指揮官心意已決。

　　巴斯很氣餒。當他回到住所，襪仔卻帶着好消息等着他——他計算出能源方程式了。襪仔花了六十二年七個月零五天，終於成功了！

　　巴斯興奮極了！但他還未來得及做些什麼，門外就來了兩個太空司令部派來的警衞，要把襪仔帶走。

　　巴斯當然不願歸還襪仔，有個特別任務正等着他們呢！他倆一起避過警衞的追捕，一起研製出新的能源晶體，更一起偷偷潛進 XL-15 號。

巴斯正準備升空，無線電傳來潘西迪指揮官的聲音。

「XL-15 號，你現正違反太空司令部指令！」潘西迪指揮官咆吼。「請立刻停止行動！」

但沒有任何事情能夠阻止巴斯。他大力按下升空按鈕，XL-15 號隨即發射，並衝向夜空。

太空船達至超光速時，能源仍能維持穩定。他們成功了！巴斯從駕駛室望出窗外，看着太空的迷人色彩。

他們回程往狄簡尼主衞星時，IVAN 在控制台上放彩炮，恭喜巴斯任務成功。

「我們成功了！」巴斯說，「襪仔，我們成功了！」

巴斯預備好要帶大家回家了。

　　巴斯將 XL-15 號駛回鴒星，重重地在地面着陸。他打開駕駛室的門，從船上跳下來。

　　「任務記錄補充。」巴斯開始錄音。「我『借了』太空司令部的太空船，成功通過超光速測試，我預備好離開這個星球，不再回來。」

「巴斯光年呼叫太空司令部。」他對着手腕上的通訊器說。
「太空司令部怎麼了？怎麼不回答？」

　　他又再試了一次，但仍然沒有收到回覆。然後，巴斯聽見
密集的腳步聲正快步而至。

突然，有人將巴斯推倒在地。

「噓！」那個戴着頭盔的神秘人悄聲說。「小心機械人！」

有個機械人正從附近的森林走出來。他在巴斯的太空船上放了一個金屬圓盤，按下按鈕，然後機械人跟太空船雙雙消失了！

「去了哪裏？」巴斯驚訝地說。

「上面。」神秘人指着上空盤旋着的巨型太空船。

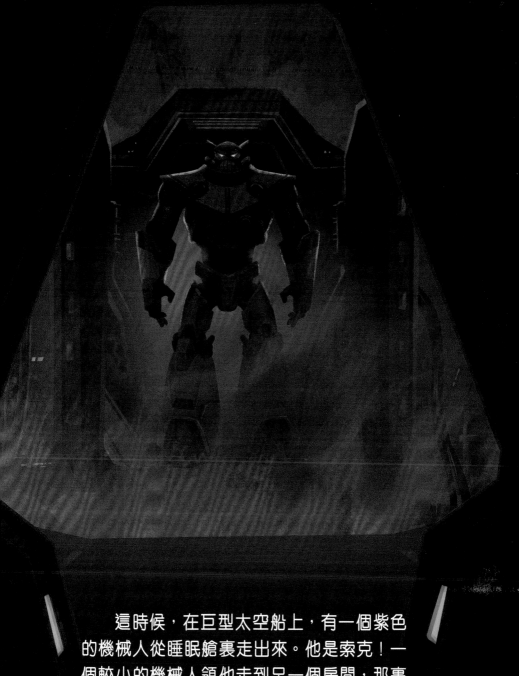

　　這時候，在巨型太空船上，有一個紫色的機械人從睡眠艙裏走出來。他是索克！一個較小的機械人領他走到另一個房間，那裏放着巴斯的 XL-15 號。

　　「機師呢？」索克問。他要尋找巴斯！

　　巴斯發現原來那個戴着頭盔的神秘人就是艾莉莎的孫女小絲，他很是震驚。但那不可能啊！沒多久前，她才不過是個小女孩。

　　「襪仔，我們在太空多久了？」巴斯問。

　　「二十二年十九星期零四天。」襪仔回答。

　　小絲向他解釋，索克的太空船一星期前在衛星上出現，然後機械人把基地重重包圍。她播放了一條全息影像訊息，是潘西迪指揮官發出的警告，他叫大家留在邊界內，隨後啟動了激光保護網。

　　「你預備好立刻行動了嗎？」小絲問。「我們只欠一個機師。」

巴斯隨着小絲來到基地分部，認識了阿毛和黛比。他們看來都是精英，準備好隨時行動。

　　「來吧，各位隊員。」小絲開啟全息投影。「我們來認清目標。」

　　「殺死機械人。」黛比說了一句。

　　「要活着回來。」阿毛補上。

但巴斯並不同意，他認為只有一個目標：將能源晶體放進大頭菜太空船，然後離開狄簡尼主衞星——這才是他的任務。

　　不幸的是，大頭菜目前困在保護網下。巴斯發現小絲是對的，他要先打敗索克的太空船，才能執行自己所想的任務。

　　「你的計劃很好。」巴斯承認。

　　就在這時，突然有一個機械人破牆而入！

　　機械人伸出金屬臂，一手捉住了巴斯，想要按下胸前的傳送圓盤。巴斯把手一揮，將圓盤推開，但他始終被機械臂牢牢捉住。

　　「別怕！」小絲叫道。「有初級巡邏隊做你後盾！」

「初級什麼？」巴斯驚叫。

大家都立刻行動，設法營救巴斯。襪仔向機械人伸出貓爪，大聲喵叫。阿毛發射魚叉，但射失了。小絲甚至還像她祖母一樣，將激光槍拋給巴斯，卻拋錯了方向。巴斯在機械臂上半吊着，感到很無助。

巴斯意識到小絲和她的隊友根本無法救他，他們不過是一班新兵。

　　巴斯忽然靈光一閃，想出一個新計劃。他奮力摘除了連接機械人身體和手臂之間的螺栓。咣啷！機械人的手臂驟然跌下。巴斯也掉到地上，終於逃離魔爪。

阿毛再次發射魚叉，這次打中了目標。機械人的身體爆出火花，最終倒在地上。小絲和阿毛高興地慶祝，但巴斯被剛才的窘局嚇倒了，仍未回過神來。

　　另一邊廂，索克決定親自出馬。他登上一架較小的太空船，出發前往狄簡尼主衞星。

　　經過與機械人對戰一役，巴斯詢問小絲他們：「你們是誰？」小絲解釋說，他們是初級巡邏隊，是一隊每個月有一周會在基地分部接受訓練的志願兵。小絲、阿毛和黛比是第一批到達的新兵，就在上周機械人出現時來到，所以他們發起了「驚喜派對行動」，對抗外敵。

　　巴斯說：「嗯，我非常欣賞和支持你們的培訓計劃，你們看來都很優秀。但從現在開始，由我來接手吧。」

　可是，自從巴斯離開太空司令部基地後，基地改變了很多。巴斯需要他們幫忙找一艘太空船，才能前去擊敗索克。

　他們坐在越野車上，巴斯負責駕駛。在這程車上，巴斯逐漸加深對每個人的了解。

　小絲想跟她祖母一樣，成為太空戰士。黛比曾捲入麻煩，如今加入初級巡邏隊是為了減少刑期。阿毛則正嘗試尋找他在這個世界上的角色和位置。

不久後，他們到達了倉庫。巴斯向初級巡邏隊說，由現在開始，他將會獨自行動。

「回去你們的培訓場所吧。」巴斯說。「提高警覺，小心安全。」

在陰森恐怖的倉庫裏，天花板吊着各樣的巨大昆蟲吊艙。襪仔說，這些昆蟲正在冬眠，而這個倉庫根本就是一個巢穴。他們躡手躡腳地走過，偷偷走進更衣室。

然後有樣東西引起了巴斯的注意——是他以前的太空戰士戰衣！這套戰衣應該是在巴斯執行超光速任務時存放到倉庫的。

巴斯穿上戰衣，像昔日一樣擺出各樣英雄姿勢，才心滿意足地停下來，這時卻發現小絲、阿毛和黛比都在看着他。原來他不小心拿走了他們的車匙。

　　巴斯把車匙拋向阿毛，但阿毛接不住。車匙碰到地面的一刻，觸發了越野車警報，發出大聲嗚響，把巨型昆蟲都喚醒了！

　　「唉，真失策。」阿毛說。

　　小絲指着更衣室內的太空戰士戰衣，提議大家一起穿上，好讓大家可以用隱形模式偷走。巴斯同意這提議，他們計劃在倉庫對面的穿山甲號上會合。

　　他們穿上了戰衣，以最安靜的姿態離開更衣室。就在隱形模式限時完結之前，巴斯剛好到達了穿山甲號，但初級巡邏隊卻來不及。昆蟲已經盯上他們了！

　　「我投降了！」阿毛大叫，慌忙之際，他拉動了戰衣上的一條繩子機關。

　　他的戰衣立刻膨脹起來，小絲和黛比推着他滾往穿山甲號的方向，但有大批昆蟲緊隨其後。

在他們登上穿山甲號之際，巴斯調控了阿毛制服上的繩子，使他回復正常，並且在昆蟲發動攻擊之前，把他拉進太空船裏。

小絲為這個團隊感到自豪，因為大家同心協力脫離險境，但巴斯不太同意，他仍然想獨自執行任務。

「大家扣好安全帶。」巴斯叫道。他打算將隊員帶到某處安置好，自己再繼續完成任務。

穿山甲號隨即起飛，撞破倉庫，飛到太空去。到了太空，小絲望着窗外的星星，開始感到焦慮不適。

「她有點害怕太空。」黛比解釋說。巴斯無法理解，要是她害怕太空，又怎能做太空戰士？

但他沒有時間想太多。這時空中出現了一艘太空船，開始向穿山甲號開火。是索克啊！

巴斯猛力拉動控制桿，但索兒發射的導彈還是擊中了穿山甲號，把它擊落在星球上漆黑的一端。

巴斯確保眾人都沒事後，問襪仔索取損毀報告。大家想知道是誰擊落他們，對方還會乘勝追擊嗎？巴斯也不知道。

襪仔回報，太空船出現了一個電力的小問題，只需換一條電線，就能解決。小絲指着附近的一個採礦工地，他們應該可以在那裏找到所需的電線，修復太空船。

　　襪仔很快便找到了電線，但正當他們離開之際，阿毛不小心啟動了安全系統。他們各自困在一個安全區內，阿毛想要跑出去，卻撞到其他人，令他們幾個都困在同一個安全區！

　　牆上有個電箱，如果他們能大力擊中它，它就會爆炸，安全區就會關閉。但只有當巴斯都進到他們的安全區，他們才能有足夠的力量一起擊破電箱。

　　「但如果不成功，我就不能拯救你們了。」巴斯反對說。

　　「你不需要拯救我們啊。」小絲說。「你只需要加入我們。」

巴斯認同小絲，他按下按鈕，打開門，然後衝了過去他們的安全區。他們一起大力撞擊電箱。電箱隨即出現了少許裂痕，於是他們再次用力撞擊，再接再勵，撞了三四次！

　　最後，電箱爆炸了，安全區也消失了。

　爆炸發生之後，指揮中心開始倒塌，巴斯卻發現手中的電線不見了。原來電線掉在控制台下。當他飛身滑行過去抓住電線時，身下的地面卻開始傾斜裂開。

　巴斯快要往下掉之際，小絲趕快捉住了他的手。巴斯向上一望，他們連成一線，一個捉住一個地抓住他。他們一起拯救了巴斯，也取回了電線！

　　他們在附近的休息室稍作歇息，阿毛向大家道歉，他覺得自
己總是在搞砸事情。

　　「聽我說。」小絲說。「這只是一個失誤罷了，對吧，巴斯？」

　　巴斯沒有立刻回應，但他知道小絲說得對。他坦言自己最初
當太空戰士時也會犯錯，但當時的艾莉莎指揮官看見他的潛質，
所以他才一直堅持下去。

　　阿毛感覺好多了，卻換成巴斯感到迷惘。他覺得艾莉莎當初
選擇相信他，使她付上了無比的代價。

　　但小絲比他更清楚，她祖母在家人和朋友相伴下，過得美滿
愉快。她珍視這一切，世界沒有任何東西能與之交換。

　　他們回去穿山甲號的途中，巴斯一直想着小絲的話。當他們還未來得及把太空船修復好，牆上忽然被炸開了一個洞！

　　原來是索克！他想要追殺巴斯，而巴斯也發現了他的蹤跡。於是，巴斯叫其他人先回到太空船上。

　　索克將巴斯逼到絕路，他伸出機械臂，說：「巴斯⋯⋯跟我走吧。」

　　巴斯感到震驚，索克怎會知道他的名字？

　　但他還未來得及提問，索克身後就升起了一個巨型的等離子鑽機，向着這個巨大的紫色機械人掃射！

　　索克倒地，巴斯看見黛比等人在控制桿旁。小絲咧嘴而笑，然後將等離子鑽機轉向牆身，爆破出一個洞。

　　巴斯發現，也許他真的需要一個團隊。

事不宜遲，整隊人立即趕回穿山甲號。

「準備升空！」一上太空船，巴斯就跟大家說。「驚喜派對行動現正展開！」

「什麼？」小絲難以置信地問。「跟我們一起嗎？」

「什麼？難道你們想我自己執行整個任務嗎？」巴斯說。

襪仔立刻維修太空船，巴斯也啟動了盤旋模式。

但是，他們還未來得及離開，面前就出現了很多機械人。小絲估計，飛過火噴泉或可擺脫他們。

這時，阿毛和黛比也拿起武器裝備，對準機械人發射。一個機械人企圖將傳送圓盤貼在穿山甲號上，但失敗了。

　　不久後，他們來到火噴泉上空。小絲負責提示方向，巴斯跟着她的指示左穿右插，驚險地避過一個又一個的火噴泉。

　　襪仔說，維修快將完成。他們即將可以飛往太空。

　　「小絲，你知道怎樣切換能源嗎？」巴斯問。

　　「我在模擬器上試過。」小絲回答。

　　「好吧，現在要來真的了。」巴斯說。

　　巴斯叫小絲切換至震盪能源，她也準確地按下按鈕。

　　「維修百分之百完成了！」襪仔說。系統已重新啟動，巴斯轉向小絲。

　　「好了！發射升空，當能源電池一達到……」

　　但小絲誤會了。她一聽到「發射升空」，便按下了按鈕。結果能源晶體從太空船彈射了出來。

穿山甲號完全停下來了。

「糟糕!」小絲驚叫,能源晶體掉在太空船外的地面。

巴斯從太空船上跳下來,叫道:「立刻拿回晶體!」

這時,有個機械人追着巴斯,巴斯馬上用手腕上的激光槍射擊機械人。

但小絲來不及拿起晶體,就被機械人奪了過去。

巴斯也無能為力,只能眼睜睜看着機械人迅速按下胸口上的傳送圓盤。機械人和晶體一同消失於夜空中。

巴斯絕望地跪下來，悄聲說：「晶體啊！」

小絲也不知道該怎麼辦，只能走到巴斯身邊。

「巴斯，很對不起。」她開口道。「一切發生得太快，是我……我……我的失誤。」

小絲以為應該還可以做點什麼彌補，只要再重新計劃就可以了。

「我們沒有什麼可以做的了。」巴斯說。「任務……失敗。」

巴斯竟然會說出這樣的話，小絲難以置信。他怎可以這樣就放棄？

巴斯默默地走開了。「你去哪裏啊？」小絲在他背後叫道。

「我想自己安靜一下。」巴斯回答。

這位太空戰士一直走着，突然間，一隻巨大的機械手抓住了他。原來是索克！

索克將巴斯提到半空中，用發光的紅色眼睛凝視着他。巴斯掙扎着，想要掙脫機械臂的束縛，但徒勞無功。索克緊緊抓着他，不打算放手。

然後索克伸手按下胸口上的傳送圓盤。轉眼間，他和巴斯都消失了。

轉眼間，巴斯和索克在那艘巨型太空船的傳送房出現，巴斯啟動了臂上的激光槍，對準大機械人發射。索克鬆開了手，巴斯落到地上，再次開火，但索克似乎毫無損傷，甚至好像能把攻擊的能量吸收！

巴斯圍繞着索克移動，想找尋弱點，乘虛而入，但索克總是完美反擊。他們勢均力敵，巴斯找不到有利位置。

他們不斷互相攻擊，到最後，巴斯瞪視着索克，深知他們實在是旗鼓相當。繼續打下去，也無助於解開巴斯心中的疑團，也許他們應該嘗試對話。

另一邊廂，在狄簡尼主衞星，小絲對自己很是失望。

「我把事情搞砸了。」她說。

「這只是一個失誤罷了。」阿毛回答說。「還記得你對我說的話嗎？」

但小絲說，這次情況不一樣，因為這次是她犯下失誤。她應該要像祖母那樣出色，但她辜負眾望。

黛比問襪仔懂不懂駕駛穿山甲號尋找巴斯。

「太空船沒有能源了。」襪仔說，然後又補充：「而且我完全失去了巴斯的訊號，他太遠了，無法追蹤。」

小絲心想，他們走投無路了。全因為她，大家才會被困在狄簡尼主衞星，而巴斯更被困在索克的太空船上。

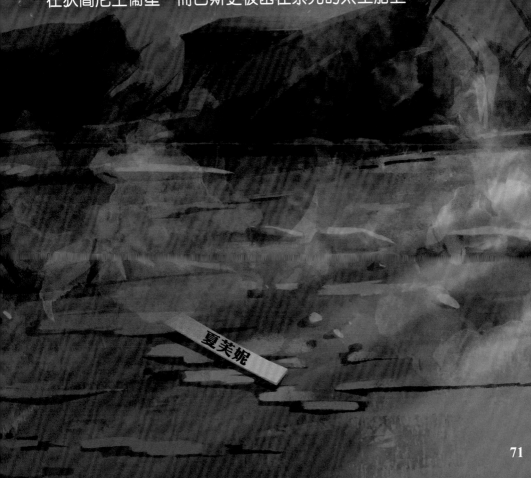

夏芙妮

　　這時，身處太空船的索克，告訴巴斯他為何會來到狄簡尼主衞星。原來他來自遙遠的未來，那裏科技很先進。為了能繼續在時間中穿梭，他需要一個能源晶體──巴斯製造的能源晶體。

　　索克說他可以為巴斯改寫歷史。靠着未來的機器，以及巴斯的能源晶體，索克可以回到巴斯駕着大頭菜號撞落在狄簡尼主衞星的那一天。他可以修正巴斯的失誤！

　　巴斯認真思考索克的提議，他想到了戰友艾莉莎。若接受索克的計劃，她就可以再次成為太空戰士。

　　一開始，他覺得這應該是個好主意。但後來巴斯意識到，這樣艾莉莎就不會有她那個可愛的家，也不會有小絲。

　　「或許我們要再想想。」巴斯說。他知道自己執行超光速任務的期間，艾莉莎和其他人都已完整度過了一生。假如他和索克決定改變歷史，大頭菜從沒墜落，那麼艾莉莎和所有人一起建立的一切，都會從此消失。

　　他不願意這樣對待自己的朋友。「我不會回到過去，對不起。」

　　這時，索克打了個響指，說：「巴斯，抱歉，你別無選擇。」

　　兩個機械人馬上出現，攔着巴斯，不讓他離開。

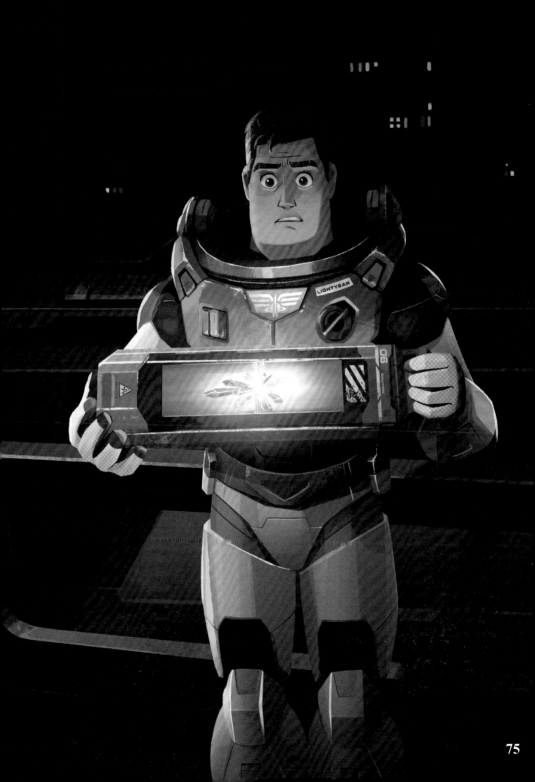

　　在狄簡尼主裔星上，襪仔走到小絲旁邊，蹭來蹭去地安慰她。小絲看着穿山甲號，忽然心生一計！

　　「上船！」她叫道。阿毛、黛比和襪仔都感到很困惑。他們既沒有能源，也沒有武器！

　　「沒問題的。」小絲說。「我們要離開這裏。」

　　「我們要去哪裏？」襪仔問。

　　小絲從穿山甲號的機門探出身子，機門旁有一個機械人遺下的傳送圓盤。

　　「我們要到太空去。」她邊說邊按下圓盤，穿山甲號消失了！

　　穿山甲號出現在索克太空船的傳送房。小絲的計劃成功了！如今他們成功登船，襪仔就能追蹤巴斯的位置。他和小絲可以去拯救巴斯，而阿毛和黛比則留守穿山甲號，抵抗機械人。

小絲留意到牆上有些傳送圓盤，於是取了一個放在背上。
「這是回來這裏的捷徑！」她說。然後，她跟襪仔立刻出
發去尋找巴斯。阿毛點點頭，也拿了個圓盤給自己和黛比。

巴斯從索克手中逃脫，跑到太空船的艦橋。「兩分鐘後啟動自我毀滅程序。」巴斯對太空船的電腦發出指令。

　　「自我毀滅倒數啟動。」電腦回答說。

　　巴斯正要離開艦橋，找個辦法離開太空船，索克卻突然出現了。「告訴我能源晶體在哪裏！」索克說。

　　巴斯拒絕回答，於是索克一把將他拋到控制台上。巴斯撞到了一個按鈕，關掉了人工地心吸力。超光速晶體浮在半空，巴斯和索克爭相搶奪。

　　小絲望出窗外，看到了巴斯！

　　襪仔告訴她，只需要穿過氣閘，就能到達巴斯那邊。可是，襪仔的這個建議有一個難題：小絲要進到太空去！

　　小絲試着用手腕上的通訊器與巴斯溝通。「巴斯！」她叫道。

　　巴斯抬頭，一臉茫然。那把聲音像極了艾莉莎！

　　「請來幫我。」巴斯的意識似乎有點模糊。

「巴斯，我不是我的祖母。」小絲說。

然後巴斯雙眼用力聚焦，甩了甩頭想令自己清醒。原來窗外跟他說話的人不是艾莉莎，而是小絲！

「小絲。」他說。「我不需要你祖母的幫忙，我需要你來幫我。」

小絲鼓起勇氣，看着氣閘，是時候要進入太空了。

　　小絲打開氣閘的門，襪仔爬上她的背。

　　「不要向下望就可以了。」襪仔建議。「也不要向上望，四周都是太空，遼闊無垠。對不起，我的話應該幫不到你。」

　　是的，他的話的確幫不上忙，因為小絲正專注地執行任務。她的目標是要去拯救巴斯，她從太空船跳出去，在虛空的太空中飄浮着。

　　小絲到達對面，捉住了太空船。她大力拍打船身，但船身的反作用力把襪仔從她背上撞開！

　　襪仔慢慢地飄走，但小絲不會落下她的朋友。她盡力把手伸到最遠，剛好能抓住襪仔的尾巴。

　　「謝謝你，小絲。」襪仔說。

　　小絲點點頭，她一手抱着襪仔，另一隻手抓住太空船邊。她望着外面一片無邊的漆黑。她成功了！

　　索克死心不息，竟成功浮游到控制台，開啟人工地心吸力，停止自我毀滅程序倒數。他一邊冷笑，一邊捉住巴斯。

　　但他還未來得及再做什麼，牆身忽然被打穿了個洞。是小絲！

　　「巴斯！」她叫道，並拿起激光槍，向他拋過去。這次，巴斯精準地接住了！

　　巴斯瞄準索克的手臂開槍，機械人鬆開了手。巴斯脫險了！

他們想照巴斯原定計劃，炸毀太空船，但倒數器上只剩十秒。

「時間不夠。」巴斯說。「我們來不及了。」

「我們來得及的。」小絲回答，手裏拿着傳送圓盤。巴斯笑了笑，然後大力按下自我毀滅按鈕。時間繼續倒數，他們隨即按下傳送圓盤，立刻回到了穿山甲號。

　　倒數只餘下四秒。巴斯吩咐小絲、襪仔、阿毛和黛比立刻登船。正當巴斯將能源晶體放進穿山甲號的時候，太空船發生了巨大的爆炸。

　　太空船往一面傾側，傳送房裏的所有東西都跌出太空。

　　巴斯看着穿山甲號往狄簡尼主衞星的方向直衝，他必須在朋友們墜落之前拯救他們！他看見 XL-15 號太空船就在附近，立刻向那邊推進，抓住船身，爬進船裏。

　　巴斯將超光速能源晶體放進去，然後爬到 XL-15 號的駕駛室。

　　這時，他的通訊系統卻傳來一把聲音：「想去哪裏啊？」

　　竟然是索克！他正懸在 XL-15 號機尾！索克一手將能源晶體扯出來，能源電池上的燈閃爍着。

　　巴斯知道他只有一個選擇。他繫上了座位的安全帶，按下「彈出」按鈕。他的座位即時變成了噴射背包，把自己彈出了 XL-15 號！

　　一對翅翼從他的戰衣伸了出來，巴斯開始飛行。他飛往索克那裏，用手腕的激光槍瞄準能源晶體發射。晶體爆炸了，索克也被炸飛得遠遠。

解除了索克的威脅，巴斯立刻飛向穿山甲號。他必須立刻做點什麼，否則它就要撞上狄簡尼主衞星了！

　　巴斯飛到太空船的頭部，想用噴射背包減慢穿山甲號的速度。但這樣的力度還是不夠。

　　「我——我不夠力。」巴斯說。

　　「沒問題。」小絲說。「我們做得到的。」

　　小絲叫巴斯盡量保持太空船穩定，襪仔則去啟動穿山甲號的飛行系統。

　　小絲擔當機師，阿毛則當副機師，他們一起引導太空船降落。

　　「要用空氣制動器！」巴斯叫道，同時用力控制太空船不要左搖右晃。「快到地面了！」

　　黛比出盡全力拉動制動器。

　　在眾人同心協力下，穿山甲號平安降落狄簡尼主衛星。他
們下了太空船，小絲抬頭凝視了一下天空。

　　「我剛才上了太空呢。」她不可置信地說道。

　　「你的祖母會為你自豪。」巴斯回答。

　　「她也會為你自豪。」

　　巴斯笑了笑。他知道小絲說得對。

不久之後，治安巡邏隊和潘西迪指揮官來到了。潘西迪指揮官因巴斯偷去了太空船和違反紀律而訓示他。

　　不過，他沒有懲罰巴斯，還批准他開設太空戰士新分隊——宇宙防衞隊！而且，巴斯可以親自從太空司令部的精英隊伍——極速巡邏隊，挑選成員。

　　「我已經有自己的隊員了。」巴斯說，看着身邊的小絲、阿毛、黛比和襪仔。

這隊宇宙防衛隊登上太空戰士巡邏船，準備好保衛領地，對抗銀河聯盟敵人的入侵。

就在巡邏船快將升空之際，小絲向巴斯伸出食指。

「太空戰士……」她說。

「……一飛沖天。」巴斯回答。